閔芽援

梨花女子大學畢業，曾在美國南部薩凡納藝術大學研究所學習插畫課程。

曾獲得 American Illustration、3x3、Applied Arts 等比賽的獎項，現為書籍和雜誌的插畫家。

《小珊瑚寶寶》是她的第一本繪本，希望孩子們能夠擁有美好健康的世界。

網址：minahwon.com

小珊瑚寶寶 아기 산호 플라눌라

圖・文　閔芽援
譯　　　林雯梅
美術設計　陳俐君

步步出版
執行長兼總編輯　馮季眉
編輯　徐子茹、陳奕安

讀書共和國出版集團
社長　郭重興　發行人暨出版總監　曾大福
業務平臺總經理　李雪麗　業務平臺副總經理　李復民
實體通路協理　林詩富　海外暨網路通路協理　張鑫峰
特販通路協理　陳綺瑩　印務協理　江域平　印務主任　李孟儒

出　　版　步步出版 Pace Books
發　　行　遠足文化事業股份有限公司
地　　址　231 新北市新店區民權路 108-2 號 9 樓
電　　話　02-2218-1417
傳　　真　02-8667-1065
Email　　service@bookrep.com.tw
客服專線　0800-221-029
法律顧問　華洋國際專利商標事務所 蘇文生律師
印　　刷　凱林彩印股份有限公司
初　　版　2019 年 6 月
初版 3 刷　2022 年 7 月
定　　價　320 元
書　　號　1BSI1054
ISBN　　978-957-9380-37-9（精裝）

小珊瑚寶寶

圖·文 閔芽援　譯 林雯梅

小珊瑚寶寶
在海裡游來游去。

猜猜這是哪裡？
這是大大的石頭上面。

我們不斷長大。
珊瑚朋友變多了。

遇見好多可愛的水母朋友。

還有好大的朋友。

小小的朋友也很多。

看起來很特別的魚兒也經常來拜訪。

夜深了，
小珊瑚寶寶出發去旅行。

有一天，下了黑色的雨。

又一天，這次是五顏六色的雨。

水變得暖暖的，
好想睡覺。

大ㄉㄚ家ㄐㄧㄚ都ㄉㄡ變ㄅㄧㄢ白ㄅㄞˊ，然ㄖㄢˊ後ㄏㄡˋ睡ㄕㄨㄟˋ著ㄓㄠˊ了ㄌㄜ。
還ㄏㄞˊ醒ㄒㄧㄥˇ著ㄓㄜ的ㄉㄜ兩ㄌㄧㄤˇ個ㄍㄜ˙小ㄒㄧㄠˇ珊ㄕㄢ瑚ㄏㄨˊ寶ㄅㄠˇ寶ㄅㄠˇ，

為了尋找冰涼的海水，
一起出發去旅行。

「再見了，大家，
我們出發了。
我們要去尋找一個適合生活的新家園。」

作者的話

一年一次在深沉的月夜，從巨大珊瑚誕生的珊瑚寶寶浮游幼蟲出發去旅行了，有時只需要幾天，有時卻要耗費幾個月的時間，才能找到定居的地方，找到地方的珊瑚一年長大一公分，慢慢形成巨大的珊瑚群落，擁抱各種水中生物。

珊瑚是很久很久以前就存在的生物，牠們曾經見過古生代的水母、中生代的恐龍和菊石，為人類帶來豐富糧食和美麗風景，還可以幫海岸阻擋暴風。

現在地球上許多生物正在消失，珊瑚也不例外，因為水溫上升、開採、污染等問題，珊瑚的生存正受到威脅，珊瑚也因此失去繽紛的顏色，一步步走向死亡。

超過二百萬歲的澳洲大堡礁因為海洋暖化，珊瑚白化現象高達百分之三十以上，濟州島附近歷史久遠的珊瑚群落也面臨白化危機。「白化」指的是海水溫度急遽上升或是因污染等外部因素，導致珊瑚細胞組織內的蟲黃藻（zooxanthellae）流失，珊瑚逐漸變成白色的現象。白化的珊瑚從藻類獲得供給的食物減少，成長速度減緩，並容易染上各種疾病，白化狀態若持續下去，珊瑚最終會死亡。

如此一來，以珊瑚為基地的許多生物會失去家園。科學家們為了搶救珊瑚，努力進行將人工培育的個體珊瑚，移植至受破壞的海域進行復育工程。那麼，我們可以為珊瑚做些什麼呢？

珊瑚小百科

珊瑚是刺絲胞動物，雖然牠不會動，但是會伸出觸手來捕食。珊瑚最小的生命單位是珊瑚蟲，而珊瑚千奇百怪的外型就是這些珊瑚蟲彼此連結所產生的形狀。珊瑚繽紛多彩的顏色是一起共生的藻類所產生的色素。當海洋環境變壞時，海水溫度上升，造成共生藻死亡或離開，也就是我們看到的珊瑚白化現象；可是如果海洋環境改善的話，共生藻會回來，珊瑚也會恢復生氣。海洋學家形容，珊瑚礁就像海中的熱帶雨林，是海洋環境中生物種類最多的地方之一。台灣的珊瑚礁主要分布在南部恆春半島、綠島、蘭嶼和小琉球的沿岸海域。台灣有四百多種珊瑚，以及將近一千五百種珊瑚礁魚類，占全球的三分之一。